AF498378

DEUX MOTS NÉCESSAIRES

SUR

LA DISTINCTION DES DEUX AUTORITÉS,

ET

LA MANIÈRE DIFFÉRENTE DONT ELLES VIENNENT DE DIEU.

Où l'on verra

ce que c'est que la Souveraineté : que ce n'est point du tout une autorité divine, mais *une autorité paternelle,* que Dieu a placée, en toute propriété, *dans le Père souverain* de chaque peuple et ses successeurs, avec défenses expresses, à qui que ce soit, d'y toucher sous peine de damnation éternelle.

Qui resistunt, ipsi sibi damnationem acquirunt.
Roman. 13.

Petit Prospectus

Pour éclaircir quelques difficultés, répondre à quelques inculpations, et réfuter de graves erreurs *sur l'origine des sociétés.*

A PARIS,

Chez A. EGRON, Imprimeur-Libraire, rue des Noyers, n° 37.
Et chez MM. LECLÈRE, PICHARD, GOSSELIN, PONTHIEU, etc.

1825.

NOTA.

Nous n'avons point dit dans notre ouvrage, *que toute puissance ne vient pas de Dieu*. Au contraire. Nous avons prouvé qu'elles en viennent toutes: mais qu'il y en a de deux espèces; *de divines et d'humaines, de naturelles et de surnaturelles:* qui viennent de Dieu de deux manières bien différentes: les unes *naturellement*, et les autres *surnaturellement;* les unes *par révélation*, et les autres *par génération;* les unes *par les Prophètes*, et les autres *par les Pères.*

Nous n'avons point dit non plus, *que les sociétés fussent des institutions purement humaines*, puisque nous avons prouvé que c'est *Dieu lui-même* qui leur a donné *des souverains.* Mais nous avons dit que l'autorité que Dieu leur a donnée n'est pas *une autorité divine;* et nous prions d'observer que cette opinion ne sauroit se soutenir. Car, quelle règle Dieu eût-il suivi dans cette collation? Seroit-ce toutes nos règles révolutionnaires, *le mérite, les talens, la volonté des peuples, la force des événemens*, qui sont aussi mobiles que les flots de la mer?... Il eût donc fallu que Dieu eût perpétuellement renversé *les souverains*, pour donner à d'autres *son autorité divine ?.....*

Seroit-ce, comme on vient de le publier, *la religion et l'observation de ses lois?....* Mais nous manquons à la loi de Dieu tous les jours, et souvent plusieurs fois par jour. *Cette règle unique*, qui est excellente pour le ciel, seroit *la plus révolutionnaire* de toutes, dans l'ordre de ce monde.

Jamais Dieu n'a donné *son autorité divine* à qui que ce soit, sans parler. *Saül, David, la Synagogue, les Apôtres:* il a parlé partout. *La révélation* est la seule *règle* en fait de pouvoirs divins. A-t-il envoyé quelque prophète pour conférer *son autorité divine* à nos souverains?... Non. Donc, ce n'est pas *une autorité divine*, mais *une autorité naturelle* qu'il leur a donnée. Or, qu'on cherche dans la nature entière d'autres autorités que *des autorités paternelles*, on n'en trouvera pas.

1°. *Comment Dieu a-t-il donné la souveraineté au père souverain de chaque peuple?...* 2°. *Comment celui-ci l'a-t-il transmise à ses successeurs?...* 3°. *Avec quelle profonde vénération devons-nous l'honorer dans nos souverains actuels?....* Voilà ce que nous croyons avoir exposé clairement dans notre ouvrage, et sur quoi nous croyons qu'il est nécessaire de dire deux mots *dans ce prospectus.*

Maintenant que la bravoure militaire a terrassé l'hydre révolutionnaire dans les corps, il reste encore un travail plus grand et plus difficile, c'est de l'exterminer dans les esprits. Au reste, qu'on ne craigne pas: nous n'en voulons point *aux personnes* qui se sont trompées, puisque nous convenons franchement que nous nous sommes long-temps trompés nous-mêmes. Nous n'en voulons qu'*aux principes révolutionnaires*, que nous avons tous plus ou moins partagés. C'est *par l'instruction* elle seule qu'on peut les extirper. Et ce n'est qu'en propageant *la vérité* qu'on peut *instruire.*

DEUX MOTS NÉCESSAIRES.

———◆———

I.

Du premier Souverain de chaque peuple.

Dans le *spirituel,* pour peu qu'on ait ouvert l'Ecriture, on sait très-bien que c'est Dieu qui a choisi ses apôtres, lui qui les a constitués et qui leur a donné *des pouvoirs : Non vos me elegistis, sed ego elegi vos.* Mais, dans le civil, quand on dit *que les puissances viennent de Dieu,* entend-on que c'est lui qui *a choisi le.*. premiers souverains? Non, les uns prétendent que ce sont les peuples; sans seulement faire attention que *l'universalité* d'un peuple n'a jamais pu s'assembler. D'autres vous disent que ce sont des hommes distingués par leur bravoure, leur mérite et leurs talens, qui se sont mis eux-mêmes à la tête des sociétés, sans réfléchir que toutes ces belles qualités ne sauroient donner à qui que ce soit *un seul grain d'autorité.* D'autres soutiennent que c'est Dieu qui, du haut du ciel, a conféré *invisiblement* aux élus son autorité divine, sans penser que *ces missions invisibles* sont cent fois plus dangereuses que *la souveraineté des peuples.* Dans tous ces misérables systèmes, où *le choix des personnes* reste à la disposition des hommes, non-seulement Dieu se trouve indignement exclu de l'arrangement primitif des sociétés; mais si ce sont les hommes qui se sont donné leurs premiers souverains, ils peuvent tous les jours s'en donner de nouveaux; et si ce sont eux qui ont d'abord arrangé les sociétés, ils sont les maîtres de les arranger perpétuellement d'une autre manière. De là les terribles révolutions qui ont bouleversé le monde dans tous les temps, et qui ont été plus terribles que jamais de nos jours. C'est *du choix primitif des personnes* que tout dépend : pour que les puissances actuelles viennent de Dieu, il faut que ce soit Dieu lui-même *qui ait choisi la personne* des premières puissances.

Or, ouvrons l'Ecriture, et demandons à Dieu qui a donné *un premier souverain* à chaque peuple; il nous dit expressément que c'est lui : *in unamquamque gentem præposuit rectorem* (eccl. 17); lui qui l'a choisi et placé, de sa propre main, avant l'existence même de ses descendans, *præposuit;* lui qui l'a constitué à la tête de son peuple, aussi spécialement qu'il a constitué *ses apôtres* dans le spirituel; mais il nous dit aussi que ce n'est pas *par une mission surnaturelle* comme eux, mais par le cours seul de la génération et de la nature, *generabit.* Il nous dit que c'est lui qui lui a donné des pouvoirs, comme à ses apôtres; mais que ce n'est pas, comme à eux, *une autorité divine et surnaturelle,* mais *une autorité naturelle et paternelle,* comme celle qu'il donne à tous les pères de la terre, par le cours seul de la génération de la nature, *generabit.* Il nous dit que, dans l'ordre surnaturel, il a besoin de parler par ses prophètes, sans quoi on ne l'entendroit pas; mais que, dans le cours ordinaire de la nature, il n'a pas besoin de se révéler, parce que *l'autorité paternelle* qu'il a attachée au titre *de père* est un fait qui se manifeste à tous les sens. Il nous dit, dans la personne d'*Abraham,* de *Noé* et de tous les grands patriarches, qu'il suffit d'être *père* de plusieurs nations pour avoir autorité sur elles, *eris pater multarum gentium;* que *cette autorité universelle et souveraine,* que nous cherchons avec tant d'embarras *dans l'universalité* des sujets, il l'a placée d'un seul coup *dans l'auteur universel* de chaque peuple; que des rois et des peuples sortiront de leur sein par le cours de la génération seule : *Reges et populi egredientur de lumbis tuis.* Certes ce n'est pas là *une émanation céleste* de l'autorité divine, comme celle que Dieu a conférée aux apôtres, mais *une émanation très-naturelle* de la substance d'un père, dont se forment toutes les autorités des pères de la terre : *Reges et populi egredientur de lumbis tuis.*

Il est donc évidemment deux ordres différens dont Dieu est également l'auteur et l'ordonnateur suprême, *l'ordre naturel et l'ordre surnaturel; deux espèces d'autorités* très-distinguées dans leur nature, *de divines et d'humaines, de naturelles et de surnaturelles,* qui viennent toutes deux de Dieu, mais de diverses manières; qui sont toutes deux, chacune dans leur ordre, arrangées *de la main* de Dieu même, et dont les premiers souverains ont toujours été choisis, constitués et proposés par le grand ordonnateur, *quæ sunt a Deo ordinatæ sunt.*

Et non-seulement Dieu a parfaitement distingué les deux ordres, mais il a parfaitement gradué *les autorités* dont chaque ordre se compose : car si, dans l'ordre de la nature, *Ismaël* fut le père universel des Ismaélites, chacun de ses douze enfans ne le fut plus que d'un douzième; chacun de ses petits-enfans que d'un soixantième; dès le troisième degré, *l'autorité paternelle* fut trois cents fois plus petite, etc. Et ce qui se passa chez les Ismaélites se répéta nécessairement chez tous les peuples de la terre, comme nous l'avons exposé en traitant de la formation des peuples, tome II, page 4. Or, l'esprit le plus prévenu sera forcé de convenir que cette distinction des deux ordres et cet arrangement admirable des autorités, sont l'ouvrage de Dieu même, et non pas celui des hommes : *A Domino factum est istud et est mirabile in oculis nostris.*

Mais ce que *Dieu* nous dit dans l'Ecriture, *Jésus-Christ* nous le répète dans l'Evangile : partout *le père céleste et le père terrestre,* l'ordre *surnaturel* et celui *de la nature,* les puissances qui viennent du ciel et celles qui naissent sur la terre y sont parfaitement distinguées : *Potestas de cœlo et potestas a terra.* Toutes viennent de Dieu, sans doute ; mais toutes ne sont pas *divines :* l'une est une émanation de la puissance céleste, *potestas de cœlo ;* l'autre vient de Dieu par le cours des générations humaines, *potestas a terra.* Et ceux qui prétendent que l'opinion *des émanations célestes* a été consacrée par la religion chrétienne, seroient fort embarrassés d'en citer une seule preuve dans l'Evangile.

Mais ce que Dieu nous dit dans l'Ecriture fut la croyance universelle de tous les peuples primitifs : *Ismaélites, Assyriens, Elamites, Cananéens,* tous, sans aucune exception, savoient parfaitement que *le père commun* dont ils étoient descendus avoit *autorité universelle* sur eux ; mais que c'étoit *une autorité naturelle* acquise par le cours de la génération, et non pas une autorité divine, *potestas a terra.* Donc, l'existence des pères souverains nous est attestée par tous les peuples de l'univers, aussi hautement que celle de Dieu même.

Mais ce que nous crient tous les peuples nous est confirmé *par Aristote, Platon, Bossuet, Fénélon,* tous les historiens et tous les bons auteurs : ils nous affirment tous, sans aucune exception, que, dès l'origine, les pères des peuples exerçoient *une autorité souveraine* sur leurs cités ; mais que cette autorité étoit *une autorité naturelle,* inhérente à leur titre de père, et non pas *une autorité divine* émanée du sein de la Divinité même. Donc, la distinction des deux autorités nous est confirmée par tous les bons auteurs, aussi hautement que l'existence de Dieu même.

On sait très-bien que Dieu, quand il le veut, peut déroger à l'ordre de la nature, et conférer une partie *de son autorité divine* à qui il juge à propos. Mais quand il le fait, il parle, il accompagne sa mission *d'une révélation expresse. Saül, David, les Prophètes et les Apôtres* ont été constitués de cette manière. Y a-t-il eu *pareille révélation* pour les autres souverains?.... Non. Donc, ils n'ont pas *une autorité divine.*

En vain prétendra-t-on que Dieu peut, sans se révéler, conférer *son autorité* aux hommes de bien des manières, *par sa providence,* par le cours des événemens, par les révolutions, dont il est le maître, etc.... Nous conjurons les hommes estimables dont nous avons long-temps partagé l'erreur, d'y faire une sérieuse attention, puisqu'il y va de la perte ou du salut du monde. Nous soutenons que, si l'on admet un seul de ces moyens, *sans révélation,* tous les souverains légitimes sont perdus, puisqu'on peut les renverser tous, *au nom de la Providence;* tous les peuples de la terre sont perdus, puisqu'on peut les massacrer par millions, *au nom de la Providence;* l'univers entier est perdu, puisqu'on peut sans cesse tout bouleverser, *au nom de la Providence;* la religion véritable est perdue, puisque chaque imposteur peut établir des religions fausses, *au nom de la Providence.* Dieu lui-même est perdu pour nous, puisqu'on peut donner *son autorité divine* à qui l'on voudra, *au nom de sa Providence.* Et ce que nous disons *de la Providence,* s'entend *du cours des événemens,* des révolutions, et autres moyens extérieurs. Pour tout réfuter en un mot, nous soutenons qu'il n'a jamais pu y avoir sur la terre *d'autorité divine sans révélation.* Or, il n'y a point eu *de révélation* pour les souverains ordinaires. Donc, leur autorité n'est pas *une autorité divine.*

Cependant Dieu a donné *une autorité* très-réelle et très-légitime aux souverains. Qu'est-elle donc?.... C'est, comme Dieu nous le dit lui-même, *une autorité naturelle et paternelle,* qu'il confère aux hommes *par la génération seule : generabit.* C'est par là qu'il donne, tous les jours, *des pères* à chaque famille, et par là, qu'il a donné *un père souverain* à chaque peuple...., *La révélation* pour les autorités surnaturelles. *La génération* pour les autorités naturelles et paternelles. Voilà les deux manières dont Dieu confère *l'autorité* aux hommes. Qu'on cherche tant qu'on le voudra : jamais on ne pourra en trouver d'autres. En fait d'autorités, *le mérite, les talens, la bravoure; la providence, le cours des événemens,* et tous les autres moyens sont *des sources fausses,* comme nous l'avons amplement démontré dans notre ouvrage, tome I, pag. 127.

Ce seroit donc un blasphème et une source intarissable de révolutions, si, après y avoir réfléchi, on persistoit à enseigner, que l'autorité des souverains est *une autorité divine.* Nous le répétons, à cause de l'importance du sujet. *Point d'autorité divine sur la terre sans révélation.* Or, il n'y a point eu *de révélation* pour les souverains ordinaires. Donc, *l'autorité* des souverains ordinaires n'est pas *une autorité divine,* mais *une autorité naturelle et paternelle,* que Dieu a attachée, en toute propriété, au titre *de père par la génération seule.*

Maintenant, arrêtons-nous un instant, et réfléchissons sur cette importante distinction. Si, dans l'ordre de la nature, Dieu nous dit lui-même que c'est lui qui a donné un premier souverain à chaque peuple, par le cours de la génération seule, pourquoi ne le croyons-nous plus?.... Si ce fut là la croyance générale de tous les peuples primitifs, pourquoi n'est-ce plus la nôtre?... Seroit-ce parce que, depuis que nous sommes confondus sous de grands monarques, nous ne portons plus le nom de *notre père souverain?*... Mais, parce que nous n'en portons plus le nom, en sommes-nous moins descendus?.... Seroit-ce parce que le nom de tous ces pères souverains n'est pas dans la Genèse, comme ceux d'*Ismaël,* d'*Edom* et des autres chefs primitifs?.... Mais parce que tous ces pères souverains ne sont pas nommés dans la Genèse, en ont-ils moins existé? Ai-je besoin d'une révélation divine pour savoir que j'ai *un père,* et que tous les pères subalternes sont descendus d'*un père souverain?* N'est-il pas de toute évidence que chaque peuple a eu son père commun qui a été *son père universel,* et qui conséquemment a eu autorité universelle sur lui, en vertu de la génération seule?

Mais s'il nous est démontré que, dans l'ordre de la nature, c'est Dieu lui-même qui a donné *un premier souverain* à chaque peuple par la génération seule, que deviennent tous nos systèmes d'égalité, d'associations et de pactes sociaux?.... Que deviennent tous ces braves, tous ces grands guerriers, tous ces grands hommes qui se sont constitués par leurs talens? Que deviennent toutes ces émanations célestes, que personne n'a jamais vues, et que l'on suppose gratuitement après les élections?.... Qu'a-t-on besoin de tout cela, puisqu'une émanation naturelle suffit, et que les lois de la génération me sont clairement manifestées par la raison seule: *Populi egredientur de lumbis tuis?....* A la vue *de ce père souverain,* constitué par Dieu même à la tête de chaque peuple, par la génération seule, tout tombe, tout disparoît, tout fuit en sa présence, comme ces ombres nocturnes qui se dissipent aux premiers rayons de l'astre du jour. Adieu toutes nos encyclopédies, toutes nos brochures, toutes nos doctrines révolutionnaires qui ont porté le feu de l'insurrection dans toutes les parties de l'univers, soit au nom des peuples, soit au nom d'un Dieu qui ne parle pas, par *des révélatious expresses.*

Mais si, dans l'ordre de la nature, c'est Dieu lui-même qui a donné *un premier souverain* à chaque peuple par la génération seule, il faut convenir, malgré soi, que cette doctrine, *que ce sont les peuples qui ont choisi leurs premiers souverains*, est non-seulement la plus fausse de toutes les doctrines, mais la plus impie, puisque c'est mettre les créatures à la place du Créateur; la plus monstrueuse, puisqu'il n'est point d'idole plus énorme que le corps collectif d'un peuple, monstre qui n'a ni tête, ni pieds, ni bras, ni feu, ni lieu; qui est le plus imaginaire de tous les êtres; la plus désastreuse de toutes les doctrines, puisque c'est au nom de ce fantôme imaginaire qu'on tue, qu'on égorge, qu'on inonde la terre de sang, et qu'on fait massacrer individuellement les peuples eux-mêmes, soit au nom de ce fantôme, soit au nom d'un Dieu qui ne parle pas, *par une révélation expresse.*

Tant que cette opinion subsistera, on aura beau crier *que les souverains viennent de Dieu*, dès que le choix de la personne n'en vient pas, les peuples peuvent en choisir d'autres; on aura beau crier *que Dieu nous a fait sociables :* si ce sont les peuples qui ont arrangé matériellement les sociétés, les peuples auront toujours le droit absurde de les arranger d'une autre manière, et les factieux s'arrogeront toujours le pouvoir terrible de tout briser, de tout égorger et de tout renverser, non-seulement au nom des peuples, mais au nom d'un Dieu qui ne les *envoie pas.* Toute espèce *de mission* suppose *autorisation* de la part de celui qui envoie. Dire que Dieu *autorise* les forfaits des brigands, ce seroit un blasphême. Donc, les brigands ne sauroient avoir aucune espèce *de mission*, ni naturelle, ni surnaturelle de la part du Tout-Puissant.

Si, au contraire, il est démontré que c'est Dieu lui-même qui a choisi physiquement *la personne même* du premier souverain de chaque peuple; si je suis ce premier souverain, c'est *par la grâce de Dieu* que je le suis, et non pas par celle du peuple; *par le choix de Dieu*, et non pas par celui du peuple, par *la mission* visible de Dieu, et non pas par des émanations invisibles; par l'autorisation manifeste de Dieu, et non pas par des autorisations impossibles. Si l'on me résiste, c'est évidemment à l'arrangement de Dieu que l'on résiste, et non pas à celui du peuple : *qui resistit potestati, ordinationi Dei resistit.* Si c'est Dieu lui-même qui a arrangé ma-tériellement les sociétés par la succession seule des générations, comme nous l'avons prouvé dans notre ouvrage, tous ceux qui dérangent l'ordre naturel des sociétés touchent à l'arrangement de Dieu même; et tous ceux qui y touchent sans une mission visible de Dieu, encourent la damnation éternelle : *Qui resistunt ipsi sibi damnationem acquirunt.*

S'il est démontré que l'autorité souveraine est *l'autorité paternelle* du père souverain, dès lors, adieu toutes les révolutions, les séditions et les insurrections. Si je suis *ce père souverain*, mon autorité paternelle est à moi, et à moi seul; c'est *ma propriété personnelle*; je suis bien sûr que qui que ce soit au monde ne peut me la ravir malgré moi, ni de la part des peuples, ni de la part de Dieu même, sans une autorisation spéciale, manifestée par un prophète; et il n'y en a pas. La preuve de cette autorité paternelle fait tout, répond à tout, et remédie à tout. Ainsi, elle vaut bien la peine qu'on s'en occupe. Or, nous avons démontré, dans notre ouvrage, que *l'autorité souveraine* n'est pas autre chose que *l'autorité paternelle* du père souverain de chaque peuple, autorité essentiellement distinguée *de l'autorité divine.*

Le père souverain de chaque peuple, voilà, dans l'ordre naturel, *la pierre angulaire* que nos édificateurs modernes ont jetée dédaigneusement au rebut, et sans laquelle ils ne pourront jamais terminer leur frêle édifice; *pierre angulaire* posée par la main de Dieu même, qui brisera toujours leurs frivoles échafaudages, en tombant dessus, et sur laquelle ils se briseront, en y tombant eux-mêmes; *la pièce essentielle* qui nous manque depuis plusieurs siècles, dans nos ruineuses constitutions; *le premier anneau* de la chaîne sociale, qu'il faut replacer dans la main du grand ordonnateur sans lequel il sera toujours impossible de faire venir de Dieu l'arrangement matériel des puissances. Et il ne faut pas de révélation pour savoir que *ce père souverain* existe.

Il n'est pas un seul peuple sur la terre qui n'ait eu, dans l'origine, *deux pères souverains*, inséparables l'un de l'autre, et sans lesquels il n'existeroit pas : l'un *céleste*, et l'autre *terrestre*; l'un qui l'a *créé*, et l'autre qui l'a *engendré*; l'un qui est *la première majesté*, et l'autre *la seconde*; l'un qui est *le créateur* de la souveraineté, l'autre *le ministre*; l'un qui pouvoit lui seul placer *l'autorité universelle et souveraine* dans le père souverain, l'autre qui peut lui seul la transmettre à ses successeurs : *A Domino factum est istud et est mirabile in oculis nostris;* l'un qu'il faut adorer comme *l'ordonnateur suprême* des sociétés : *Un seul Dieu tu adoreras;* l'autre qu'il faut honorer comme *le Père universel* de tous

nos pères : *Père et mère honoreras.* Voilà, dans l'ordre de la nature, le véritable envoyé de Dieu devant lequel disparoissent toutes
les missions fausses; celui que les peuples primitifs regardoient
comme *une seconde divinité* sur la terre; celui que nous devons
recommander perpétuellement à la vénération des peuples, en leur
expliquant les commandemens; celui que nous devons nous hâter
de rétablir, comme le point le plus important de la morale chrétienne, et celui dont malheureusement nous ne parlons plus depuis
des siècles, ni dans nos instructions, ni dans nos écrits.

Nous dira-t-on, comme on nous l'a déjà dit, que nous voulons
donner des leçons à l'univers !.... Pas plus que les apôtres quand ils
travailloient à instruire les peuples.

Nous le demanderons ici de bonne foi, quel crime y a-t-il pour
un ecclésiastique qui a été vingt-six ans en exil, d'avoir employé
tout son temps à remonter *à l'origine* des deux autorités; d'avoir
étudié la manière différente dont chacune d'elles vient de Dieu;
d'avoir exposé cette distinction importante avec des peines incroyables; d'en avoir recueilli les preuves, d'en avoir démontré
l'existence par la tradition, par la croyance de tous les peuples primitifs, par toutes les histoires, tous les monumens et tous les genres
de preuves possibles?.... Quel crime y a-t-il, après en avoir recueilli toutes les preuves, d'en avoir composé un ouvrage utile,
reconnu tel par les lecteurs de tous les pays, et par les adversaires
eux-mêmes; un ouvrage qui, depuis trois éditions, n'a encore été
attaqué par qui que ce soit, et que personne ne pouvoit faire,
parce qu'on n'en avoit pas le temps? Quel crime y a-t-il encore
maintenant pour cet ecclésiastique âgé de *quatre-vingts ans,* et
qui ne peut plus travailler dans le ministère, d'avoir fourni à ceux
qui travaillent, des instructions propres à rétablir l'esprit public?
Et cela, *sans le plus petit intérêt personnel,* puisque, comme nous
l'avons déjà observé, nous avons légué d'avance tous nos fonds au
profit de l'instruction des peuples; *sans la plus petite ambition,*
puisque nous ne demandons ni places, ni emplois; *sans la plus
petite vanité,* puisque c'est la docrine de Dieu que nous enseignons, et non pas la nôtre; et que nous convenons franchement
qu'avant la révolution nous étions nous-mêmes dans l'erreur.

Cet ouvrage contrarie *les opinions actuelles !....* Cela est trèsvrai. Mais si jusqu'ici elles ont été fausses, il faut avoir le courage
de les sacrifier, pour nous réunir à *la doctrine de Dieu,* à qui seul
appartient le droit incontestable *de donner des leçons* à l'univers;
doctrine de Dieu, dont l'oubli a fait le malheur du monde, et dont

le rétablissement seul peut lui rendre la paix ; *doctrine de Dieu*, la seule qui soit aimable, parce que c'est la seule qui soit vraie, d'après ce vers célèbre :

> Rien n'est beau que le vrai, le vrai seul est aimable.

Doctrine de Dieu, la seule qui soit délicieuse, parce que *la vérité* elle seule satisfait l'esprit et le cœur ; *doctrine de Dieu*, la seule qui soit courte, parce qu'elle conduit *à la vérité* sans détours.

On ne conçoit pas comment, dans quinze courtes questions, nous avons trouvé le moyen de réfuter l'Encyclopédie toute entière, et de traiter tous les grands sujets qui intéressent la morale, la religion et les sociétés. Le moyen est fort simple : c'est que, lorsqu'on veut se débarrasser d'un mauvais arbre, le plus court n'est pas d'en élaguer successivement les branches, mais de le couper par la racine ; et c'est ce que nous avons fait. *Si c'est Dieu qui a donné un premier souverain à chaque peuple par la génération seule*, tous les systèmes révolutionnaires tombent d'eux-mêmes ; et cette vérité est complétement prouvée dans notre ouvrage.

La doctrine de Dieu est si simple en elle-même, que, sur cet article, on peut la mettre à portée de tous, et des enfans eux-mêmes ; dans trois questions bien claires, que tout le monde peut saisir sans révélation, ainsi à peu près :

1°. *Qui a donné des pères à chacun de nous ?....* C'est Dieu, par la paternité seule.

2°. *Qui a donné un père souverain à tous ces pères subalternes ?* C'est Dieu, par la paternité seule.

3°. *Qui a placé l'autorité universelle et souveraine dans ce père souverain ?* C'est Dieu, par la paternité souveraine elle seule. De là le raisonnement suivant :

Qu'on parcoure l'univers entier ; il est impossible d'y trouver un seul peuple qui n'ait eu *deux pères souverains* très-distingués, sans lesquels il n'existeroit pas : un qui *l'a créé*, et l'autre qui *l'a engendré*. L'existence du dernier est aussi incontestable que celle de Dieu même. Donc, la distinction des deux autorités, divine et humaine, naturelle et surnaturelle, est l'ouvrage de Dieu même.

Mais parce que *ce père souverain* a acquis de Dieu *la souveraineté* par la génération seule, s'ensuit-il qu'il ait pu la transmettre *par voie de génération*, de père en fils ? C'est ce que nous examinerons dans l'article suivant.

II.

Transmission des pouvoirs.

Avant de commencer, on peut être bien sûr que tous ces grands mots, *autorité, pouvoir, puissance, souveraineté, autorité souveraine*, dont on cherche la signification avec tant d'embarras, sont des mots différens qui signifient une seule et même chose ; savoir : *Les droits des souverains,* quels qu'ils soient, simples ou composés. D'après cela, examinons la manière dont ils se transmettent.

Parce que *le père souverain* de chaque peuple acquit de Dieu *la souveraineté* par la génération, il en est qui imaginent qu'elle dut passer, *par voie de génération,* de père en fils. C'est une erreur ruineuse, qui renverseroit, d'un seul coup, toutes les constitutions humaines, et qui rendroit inexplicable la transmission de tous les droits.

L'autorité souveraine est le premier de tous les droits, sans doute ; mais c'est *un droit* qui se transmet, comme tous les autres, *par la volonté du propriétaire.* Dès que le premier souverain de chaque peuple l'eut acquise *par la génération,* il put la léguer d'une manière bien simple, par sa parole ou sa bénédiétion, verbalement ou par écrit, comme il le voulut, et à qui il voulut, à son aîné ou à ses cadets, à la naissance ou à l'élection, à un ou à plusieurs ; à son choix ou à celui de ses enfans. Le dernier de ses successeurs put en faire autant, *au droit du premier propriétaire.* De là la validité de toutes les constitutions, *monarchiques, mixtes, électives ou républicaines,* qui deviennent *très-légitimes,* dès que le dernier propriétaire ne s'y oppose pas.

Et voilà déjà, en deux mots, bien des difficultés résolues. Dès que la souveraineté est *un droit,* elle n'est point du tout *innée* avec la personne. C'est un pouvoir moral, que *le père souverain* a acquis de Dieu sur ses descendans, en se soumettant volontairement à toutes les charges que la génération exige ; *pouvoir moral* qui n'existoit pas avant la génération ; qui subsistera essentiellement dans tous ceux à qui il confiera le gouvernement de ses descendans ; *pouvoir moral* qu'il a acquis par ses volontés, et qui ne sauroit plus passer à d'autres que par l'expression de ses volontés et celle de ses successeurs. Et il en est de même de *tous les autres droits.* Certes, le droit de domaine que j'ai acquis sur ma terre, par mon travail, est bien à moi sans doute ; il m'appartient aussi essentiellement que le travail et les bras avec lesquels je l'ai acquis. Cependant, *ce pouvoir moral* n'est pas *inné* avec ma personne; je peux le transmettre à d'autres avec ma terre par l'effet seul de mes volontés. *La volonté légale du propriétaire* est la seule puissance qui puisse transporter *des droits.* Jamais il n'y en aura d'autre, et c'est *sur cette volonté,* elle seule, que Dieu a fondé la stabilité des propriétés.

Il est bien vrai que les premières constitutions furent presque toutes *héréditaires;* mais c'étoit librement, et parce que les souverains le vouloient ainsi. Dans cette hérédité même, il y en avoit qui préféroient les cadets; d'autres qui admettoient les femmes à partage, et d'autres qui les excluoient. *L'autorité souveraine* étant *leur propriété individuelle,* pourvu qu'ils ne touchassent pas aux droits personnels de leurs sujets; ils en étoient parfaitement les maîtres.

. Il est bien vrai que chez les Francs, *le père* voulut que *sa souveraineté* passât au mâle le plus proche dans l'ordre du sang. C'est ce qu'on appela *la loi salique,* qui fut observée très-religieusement dès la Germanie; et c'est sans contredit la meilleure de toutes les constitutions. Aussi est-ce celle que les Francs suivirent régulièrement, dès l'origine, soit dans leurs réunions, soit dans leurs partages. Lorsque, pour tenir contre les Romains, leurs chefs prirent le sage parti de se réunir, s'ils choisirent *Pharamond,* il faut bien se garder de croire, comme on l'a prétendu de nos jours, que ce fut une élection arbitraire; ce fut, nous dit l'historien, parce que *Marcomir,* son père, étant le principal chef, il était conséquemment le plus proche du sang, *selon la loi salique.* Après l'extinction de la première dynastie, pourquoi les grands proclamèrent-ils *Pepin?* Ce fut, très-probablement parce qu'étant le principal d'entre eux, il était *le chef de la seconde;* et après l'extinction de la seconde, pourquoi proclamèrent-ils *Hugues Capet?* Ce fut aussi, très-probablement, parce que c'était son tour, *d'après la loi salique.* Dans les partages de la deuxième race elle-même, jamais les femmes ne furent admises. *La loi salique* fut observée dans chaque royaume; et dans la troisième, ayant été arrêté que la couronne seroit indivisible, l'hérédité fut irrévocablement fixée *au plus proche du sang* dans la même famille. On n'ignore pas que pour les dynasties, comme pour les individus, *un passe-droit* dans la succession au trône, eût fait verser des fleuves de sang pendant des siècles; de sorte que *nos Bourbons,* qu'on a eu la témérité de traiter, de nos jours, *comme de misérables commis des peuples,* étoient très-probablèment, dès la Germanie, *la troisième branche des Francs* par leurs pères. Dans l'histoire, tout est pour cette vraisemblance, et rien ne lui est contraire.

Ce qu'il y a de certain, c'est que *l'autorité* d'un père étant la plus intime de toutes ses propriétés, *le père souverain* des Francs, dès qu'il l'eut acquise de Dieu par la génération, put la transmettre *au plus proche du sang*, par l'expression seule de ses volontés, comme il eût pu la léguer aux femmes, aux cadets, ou à ceux que ses enfans lui auroient présentés. Il en étoit absolument le maître.

En vain objectera-t-on que *ce père souverain des Francs* étoit mort plusieurs siècles avant Jésus-Christ; cela peut être. Mais ses descendans ne sont pas morts avec lui, puisqu'il en existe encore; et, tant qu'il en existera, *sa souveraineté* sera indestructible. Car, pourquoi *le père souverain* des Francs eut-il le *pouvoir universel* de gouverner ses descendans? C'est parce qu'il en fut *l'auteur universel*, et que, selon l'expression de l'Ecriture, ils seront tous, sans aucune exception, une émanation de sa substance : *populi egredientur de lumbis tuis.* Tant qu'il y aura des Francs sur la terre, *le pouvoir universel* de ce père souverain résidera dans ses successeurs *légitimes* : et ses successeurs seront *légitimes*, dès qu'ils auront reçu des pouvoirs de leurs prédécesseurs. Et ce que nous disons *du père souverain des Francs*, s'entend de celui de tous les peuples, comme ce que nous disons *du droit de souveraineté* s'entend de tous les autres droits. Il y a des siècles que ceux qui ont défriché nos terres et bâti nos châteaux sont morts; et cependant leurs droits ne sont pas morts avec eux. Le premier propriétaire les a passés, avec ses terres, à ses successeurs, qui les transmettront à d'autres, volontairement, jusqu'à la consommation des siècles; parce que *le droit* porte sur la chose et ne sauroit cesser qu'avec elle, comme nous l'avons amplement expliqué dans l'ouvrage.

Et comment savoir si le souverain actuel réunit les pouvoirs *des pères souverains?* Rien de plus facile. Certes, le peuple François se trouve composé de bien des petits peuples aborigènes : *Celtes, Gaulois, Bretons, Normands, Bourguignons, etc., etc.,* tous se trouvent réunis aujourd'hui sous le gouvernement *de Louis XVIII;* et chacun d'eux est descendu *d'un duc*, qui a laissé son duché à des successeurs. Est-il un seul héritier de ces anciens ducs qui réclame contre *Louis XVIII?* Non, il n'en est pas un seul. Donc, *Louis XVIII* réunit, dans sa personne, les pouvoirs de tous ces petits ducs, et peut, à son tour, les diviser à des chambres, ou les transmettre, tout entiers, à qui il jugera à propos. Il en est le maître; et Dieu l'en a laissé absolument le maître, *au droit* de ses prédécesseurs.

En vain insistera-t-on, que *la souveraineté* étant indivisible en France, *Louis XVIII* n'a pas le droit de la diviser. C'est une autre méprise. Il n'en a pas le droit, si sa dynastie s'y oppose; mais il en a le droit, si elle ne s'y oppose pas; et il en est de même de tous les droits en général. C'est un principe certain, *dit Grotius*, que le dernier propriétaire d'un bien n'est censé faire qu'une seule personne avec le défunt, et qu'il peut faire tout ce qu'eût pu faire le défunt en pareille circonstance : *cum defuncto eamdem censeri personam certi est juris.* Le dernier souverain ne peut pas, plus que ses prédécesseurs, disposer des priviléges de ses sujets; il ne peut pas même, malgré ses héritiers, disposer *des droits souverains;* mais il le peut, tant qu'ils ne s'y opposent pas. Et si les sujets sont les maîtres de sacrifier une partie de leurs droits dans de nouvelles constitutions, les souverains, de concert avec leurs héritiers, sont également les maîtres de céder, quand ils le veulent bien, une partie de leurs pouvoirs. *Volenti non fit injuria.* Mais eux seuls peuvent le faire.

Louis XVIII a donc dit une grande vérité, lorsqu'il a affirmé, dans sa Charte, que c'est lui qui *l'a octroyée* à ses peuples; et il étoit le seul qui pût le faire, puisqu'il étoit le seul qui fût *le propriétaire* des pouvoirs souverains, par la volonté légale de ses prédécesseurs. Il a dit également une grande vérité, lorsqu'il a affirmé qu'en Espagne, *Ferdinand VII* étoit le seul qui pût donner des pouvoirs *aux Cortès,* puisque, dans quelque gouvernement que ce soit, les pouvoirs souverains ne pourront jamais venir de Dieu que par le canal des souverains.

Lorsqu'on croit que, dans les républiques, c'est le peuple qui donne des pouvoirs, c'est se laisser éblouïr par les apparences. Partout le peuple peut nommer des députés, comme il nommoit autrefois des évêques; mais leur donner *le pouvoir de gouverner,* c'est ce qui ne s'est jamais fait, et ne se fera jamais. Le peuple peut donner *le pouvoir de représentation,* mais non celui *de législation;* le pouvoir de défendre ses propriétés, mais non pas celui *de faire des lois.* Cela est impossible. Entre *la nomination et la collation,* la distance est immense. Si les peuples pouvoient donner *les pouvoirs souverains* dans les républiques, ils le pourroient dans les monarchies; ils l'eussent pu dans les pactes sociaux. Et la vérité est qu'ils n'ont jamais pu le faire nulle part : que cette *souveraineté des peuples* fut une absurdité impraticable, dans tous les temps, dans toutes les formes de gouvernement et dans tous les pays, comme nous l'avons démontré dans l'ouvrage.

De qui donc les députés du peuple reçoivent-ils *les pouvoirs souverains* dans les républiques?.... C'est du dernier souverain qui les a reconnus. *A Rome,* ce fut des Tarquins; *en Hollande,* des rois d'Espagne; *en Suisse,* des empereurs de Vienne; *en Amérique,* du gouvernement anglois; d'où ils passeront, de session en session, jusqu'à la dernière, qui les transmettra à d'autres, lorsqu'elle consentira à de nouvelles constitutions : toujours *de souverains en souverains :* de sorte que ceux qui gouvernent, même dans les républiques, sont essentiellement *souverains,* pour le temps qu'ils gouvernent. Mais dès qu'ils sont passés du côté du souverain, ils ne sont plus du côté du peuple : de sorte que les peuples ne sont pas *libres* dans ces sortes de gouvernemens, comme nous l'avons prouvé dans notre ouvrage.

Quoi qu'il en soit, voilà la doctrine avérée *sur la transmission des pouvoirs.* Dans toutes les constitutions, depuis *le père souverain* de chaque peuple jusqu'aux souverains actuels, c'est toujours *la paternité souveraine* qui se trouve transmise de l'un à l'autre, par *la volonté légale* du dernier propriétaire; et il en est de même *de la transmission* de tous nos autres droits. Ces principes bien rétablis en deux mots, tirons-en brièvement les conséquences. En voici les principales.

III.

Conséquences de ces principes.

1°. *Donc, dans aucuns gouvernemens, la souveraineté* n'est *une autorité divine;* car *le père souverain* de chaque peuple n'a pu transmettre à ses successeurs, que *l'autorité* qu'il avoit reçue de Dieu. Or, c'est *une autorité paternelle* que *le père souverain de chaque peuple* a reçue de Dieu. Donc c'est *une autorité paternelle,* et non *pas une autorité divine,* qui se trouve transmise dans nos souverains actuels. Et voilà la vérité qui dit tout, qui rétablit tout, et qui répond à tout.

2°. *Donc nos souverains actuels ne sont pas seulement la figure de nos pères.* S'ils n'en étoient que *la figure* (qu'on nous passe le terme), nous n'aurions partout, que *des figures* de souverains, *des figures* de ministres, *des figures* de magistrats et *des figures* de gouvernemens. Dans le spirituel, pourquoi avons-nous tant de respect *pour nos évêques?* C'est parce que nous les croyons investis *de l'autorité* des Apôtres. Dans le civil, pourquoi les peuples primitifs étoient-ils pénétrés d'un si profonde vénération pour leurs souverains? C'est parce qu'ils les croyoient investis *e l'autorité de leur père souverain :* et ils l'étoient en effet. Tant qu'on nous enseignera que *nos souverains* ne sont que *la figure* de nos pères, nous n'aurons aucun respect pour eux ; nous les traiterons comme de misérables commis.

3°. *Donc la loi divine et révélée n'est pas la règle unique de la raison.* Parmi les autorités innombrables que l'on a citées pour le prouver, nous croyons pouvoir certifier qu'on ne trouvera *cette règle unique* dans aucun auteur, ni grec, ni latin, ni dans les écrivains de quelque langue que ce puisse être, et que ceux qui ont cru l'y voir, se sont très-certainement trompés.

4°. *Donc la légitimité en général ne consiste pas dans la conformité aux lois divines et révélées.* Si cela étoit, il n'y auroit eu *de souverains légitimes* ni chez les païens, ni chez les infidèles, ni chez les sauvages, ni chez les hérétiques, ni chez les schismatiques, ni à la Chine, ni au Japon, ni dans tous les pays où l'on suit des religions fausses, ce qui est par trop fort. Il y a plus, dans tous ces pays, *les pères et mères* n'auroient eu aucune autorité *légitime* sur leurs enfans, *ni les propriétaires* aucuns droits *légitimes* sur leurs biens : il faudroit les chasser tous pour les remplacer par des individus qui professassent la religion véritable. Quel délire !....

Maintenant passons chez les peuples fidèles, chez *les Catholiques,* par exemple. Chez les Catholiques, les souverains suivent-ils toujours la loi de Dieu? Les pères et mères la suivent-ils toujours? La suivons-nous toujours nous-mêmes? N'y manquons-nous pas tous les jours?.... Nous cesserions donc tous les jours d'être *légitimes :* et il faudrait nous remplacer sans cesse par des individus qui pratiqueroient la loi de Dieu mieux que nous, et qui ne tarderoient pas à perdre *leur légitimité* à leur tour.

Il est beau de défendre *la religion véritable,* de prouver que c'est la seule qui puisse nous conduire au ciel, et que, sans elle, notre perte sera inévitable dans l'autre monde ; mais, dans ce monde, vouloir en faire la règle générale *des légitimités,* ce seroit bouleverser l'univers. Il n'est pas *de propriétaire* souverain ou subalterne qu'on ne se crût obligé *de dépouiller,* sous le prétexte qu'il n'observe pas fidèlement ses devoirs religieux.

5°. *Dangers incalculables de cette opinion.* À la vue de cette *règle unique,* qui devoit tenir lieu de toutes les autres règles, nous avons cru du moins qu'elle nous sauveroit *de la souveraineté des peuples*; et point du tout. Elle seroit cent fois plus dangereuse; car enfin, en supposant (ce qui n'est pas) que *la souveraineté* dépendît de la volonté des peuples, aussitôt que ceux-ci ont essayé du régime des factieux, ils s'en dégoûtent, et ils finissent ordinairement par les chasser, pour reprendre leurs anciens souverains. Au lieu *qu'avec cette règle unique*, les peuples ne seroient plus libres. Ce seroit pour eux *un devoir de piété* de chasser ceux qui n'auroient pas *de religion*, pour prendre ceux qui en auroient; et de renvoyer ceux qui en auroient moins, pour prendre ceux qui en auroient davantage. Sous le masque spécieux de la religion, l'insurrection deviendroit rigoureusement *le plus saint des devoirs*: et les révolutions seroient d'obligation journalière. On a dit *du célèbre Mallebranche* :

> Lui qui voit tout en Dieu, n'y voit pas qu'il est fou.

Nous sommes loin de vouloir faire ici une comparaison exacte. Il n'est point dit que *Mallebranche* ait reconnu sa folie : et les défenseurs *de cette règle unique* sont trop sages pour ne pas reconnoître la leur, et trop clairvoyans pour ne pas en apercevoir toutes les conséquences. Qui ne voit, au moins en réfléchissant, qu'avec des factieux qui veulent tout détruire, n'admettre *à la légitimité* que des souverains catholiques, c'est, d'un seul coup, renverser tous les autres souverains de l'univers; ne vouloir *que des autorités divines*, ce seroit détruire toutes les autorités humaines; que *des lois surnaturelles*, ce seroit abolir toutes celles de la nature; *qu'une règle unique*, ce seroit anéantir toutes les autres règles.....Il seroit bien à souhaiter que tous les souverains fussent *catholiques*, et qu'ils pratiquassent ponctuellement tous les devoirs de cette religion sublime. Mais faire, de la pratique de cette religion, *la règle unique des légitimités*, ce seroit bouleverser tout l'univers : et cette folie seroit mille fois plus dangereuse que celle *de Mallebranche*.

6º. *Cette règle unique* est si dangereuse, qu'aussitôt qu'elle s'est montrée à découvert tout le monde s'est récrié contre elle. Depuis qu'on l'a couverte *d'autorités*, pour la faire passer sous leurs auspices, c'est encore pis. Car tous ces auteurs, se joignent aux réclamans, et soutiennent qu'on leur fait dire ce qu'ils n'ont jamais dit. Qu'a-t-on voulu nous apprendre par cette foule immense d'auteurs que l'on a cités ? C'est que *la religion véritable* a été connue de tous les peuples, depuis le commencement du monde........ Quand cela seroit vrai (ce qui n'est pas), pour acquérir *la légitimité*, il ne suffit pas de connoître *la loi*, il faut *la pratiquer* : et c'est là que gît le sophisme. Il est de toute évidence qu'on n'a pas pratiqué *la religion véritable* partout où l'on en a suivi de fausses, conséquemment dans presque tout l'univers. Et cependant tous les auteurs que l'on a cités, sans aucune exception, ont admis avec nous, des souverains *très-légitimes* dans tous ces pays. *Jésus-Christ et les Apôtres* en ont admis aveo eux. Donc, tous ces auteurs, sans aucune exception, s'élèvent contre ceux qui les ont cités ; et repoussent, à l'unanimité, *la règle unique* qu'on voudroit leur faire admettre ; ce qui se réduit au raisonnement suivant.

Si *la légitimité* consistoit dans la conformité *à la religion véritable*, il n'y auroit plus *de legitimité* partout où l'on ne s'y conformeroit pas. Or tous les auteurs que l'on a cités ont vu des *légitimités* partout où l'on ne suit pas la religion véritable. Donc tous ces auteurs sont contraires à ceux qui les ont cités, et toutes ces citations tombent d'elles-mêmes. Les défenseurs *de cette règle unique* n'en ont vu ni les conséquences ni les dangers, sans quoi ils n'auroient pas fait des volumes pour la soutenir. Voilà ce qu'on peut dire de plus excusable en leur faveur.

7°. *Il est donc d'autres lois, dont l'observation légitime toutes les autorités, les souverainetés et les propriétés de la terre ?....* Oui, sans doute, ce sont *les lois naturelles et civiles*, qui se retrouvent dans toutes les religions. Fussé-je impie, incrédule, païen, hérétique, schismatique, tout ce que l'on voudra, si je suis *père* de famille, j'ai *une autorité très-légitime* sur mes enfans : et cependant cette autorité n'est pas *une autorité divine*. Donc, fussé-je le seul, Dieu a mis sur la terre d'autres autorités que *des autorités divines*. Mais que sera-ce, quand on pensera que *tous les pères* de la terre, sans aucune exception, ont *la même autorité* que moi, *aussi légitime* que la mienne ; que celle *du père souverain* de chaque peuple est essentiellement de la même nature, puisqu'il fut *père de famille* avant de l'être de tout un peuple. Quand on fera attention que Dieu a mis sur la terre beaucoup plus *d'autorités naturelles* que d'autorités divines, beaucoup plus *de pères* que de prêtres, quelle destruction si l'on ne veut plus conserver que *des autorités divines*.

8°. *Dans l'être moral*, il est impossible que *la raison* puisse faire un pas sans *une autorité* qui lui propose des récompenses si elle fait le bien, et des châtimens si elle fait le mal. Dans tout le cours de notre ouvrage, nous avons soutenu constamment *l'insuffisance absolue de la raison humaine*, et la nécessité indispensable *d'une autorité* qui contrebalance ses penchans, dans chacune de nos actions. Mais c'est précisément pour cela que le Créateur lui a donné *des autorités* partout; que, dans l'ordre seul de la nature, il en a mis des milliers dans chaque pays, et des millions dans chaque royaume. Mais si, *par votre règle unique*, vous allez abattre ces millions d'autorités naturelles, pour ne laisser *qu'une autorité révélée*, qu'ils ne connoissent pas, ou qu'ils connoissent mal, que deviendra *la raison humaine*, avec une aussi effrayante suppression?

Dans l'être moral, il est impossible que *la raison* puisse aller au bien *sans règle*. Il lui en faut une essentiellement, dans chaque action, sans quoi elle tomberoit nécessairement dans les plus grands déréglemens. Mais c'est précisément pour cela que le Créateur lui a fourni *des règles* partout. Dans le civil, dans le moral, dans l'agriculture, dans l'arithmétique, dans la géométrie, dans toutes les sciences et dans tous tous les arts, il y a *des règles* partout, et *des règles sûres*, qui ne sauroient égarer la raison, tant qu'elles ne sont pas contraires *au droit naturel*. Mais si vous allez supprimer *toutes ces règles naturelles*, pour ne lui laisser que *des lois révélées* qu'elle ne connoît pas, ou qu'elle connoît mal, elle sera presque sans règles dans ce monde. *Le livre unique de M. Jacotot*, qui tiendroit lieu de tous les livres de l'univers, n'est que le rêve ridicule d'un cerveau creux. Mais *une règle unique* aussi respectable que celle de la Révélation, qui feroit tomber toutes les règles et toutes les autorités de la nature, seroit pour le monde le plus désastreux de tous les fléaux.

9°. Je sais très-bien que si je ne suis pas dans la religion véritable, *tout le bien* que je peux faire dans ce monde ne sauroit m'être compté pour le ciel; si je persiste volontairement dans mon incrédulité, je sais que je perds tous mes droits surnaturels au superbe royaume que Dieu m'a promis; mais, au moins, *mes droits naturels* me restent : si je persiste volontairement dans mon infidélité, je sais que l'Eglise peut m'excommunier et me frapper de ses censures. Mais *mes droits naturels de père et de propriétaire, subalterne ou souverain*, l'Eglise sait très-bien qu'il lui est impossible de m'en dépouiller, sans mon aveu, parce que je les tiens de Dieu *par ma paternité et mes travaux*, et que *des droits naturels* sont inamissibles. De là l'importance majeure de rétablir *cette paternité souveraine* dans tous les esprits : et de là, de nouveau, le raisonnement suivant.

Partout où il y a *des pères et des propriétaires*, il y a *des droits légitimes* d'autorité et de propriété. Or il y a *des pères et des propriétaires* dans toutes les religions. Donc il y a *des droits légitimes* d'autorité et de propriété dans toutes les religions. Donc *la légitimité*, en général, ne consiste pas dans la conformité aux lois divines et révélées ; mais dans la conformité *à la loi en général.* On peut faire des actions *très-légitimes,* dans l'ordre de la nature, dans l'ordre civil et dans tous les autres ordres, en en suivant *les lois.*

10°. Quand on est décidé à ne voir dans les auteurs que ce qui est favorable à nos opinions, et à rejeter tout ce qui leur est contraire ; quand on feroit des volumes in-folio de citations, on est bien sûr de citer à faux, aux risques de devenir inintelligible. Car pourquoi, de nos jours, malgré *le brillant* du style, tant de productions qu'on ne sauroit entendre ? sinon parce qu'elles sont *fausses. Bossuet* est clair dans tout ce qu'il a écrit, parce qu'il est *vrai* dans tous ses ouvrages, et qu'il ne cherche pas à en imposer aux esprits. Pour bien citer, tout le monde sait qu'il faut prendre intégralement ce que dit l'auteur sur le sujet en question. Or, qu'on consulte tous les auteurs qui ont écrit *sur les lois,* depuis le commencement du monde, on y trouvera, par tout pays, deux ordres, deux lois et deux autorités de nature différentes ; *de divines et d'humaines ; de naturelles et de surnaturelles ;* telles que nous les avons exposées. Partout on verra *cette règle unique* qui détruiroit toutes les autres règles, généralement condamnée par tous les auteurs, comme *la plus dangereuse et la plus révolutionnaire* de toutes les doctrines : et l'obligation indispensable de la condamner nous-mêmes, si nous ne voulons pas que nos productions soient dangereuses pour les sociétés.

Quant à *la souveraineté ordinaire,* si l'on consulte bien, on trouvera partout, que c'est *une autorité paternelle,* et non pas *une émanation de l'autorité divine,* comme celle que Dieu a donnée à son Eglise. Au reste, nous le répétons : nous n'en voulons point aux personnes, mais *aux erreurs.* Dès que celles-ci disparoîtront, nous nous féliciterons de n'avoir plus qu'à applaudir aux talens et au bien qu'ils ne sauroient manquer de produire, quand on en fera un meilleur usage.

11°. *La souveraineté seroit donc essentiellement la propriété des souverains ?....* Aussi essentiellement que *l'autorité paternelle* est la propriété *d'un père..* Aussitôt que je l'ai acquise de Dieu par la génération, je peux la transmettre à d'autres, par l'effet seul de mes volontés : et aussitôt qu'elle est transmise, mon successeur en devient *le propriétaire très-légitime,* dans l'instant même.

12°. *La légitimité n'est donc pas non plus.* comme on l'a dit, *un droit acquis avec le temps !....* Non, sans doute. Quand on aura lu nos développemens sur la nature des deux autorités, on verra que toutes ces notions ont été trop légèrement adoptées. D'abord, *dans le spirituel,* il est évident qu'il ne fallut pas long-temps *à Jésus-Christ* pour donner ses pouvoirs à ses apôtres, ni à ses apôtres pour les transmettre à leurs successeurs : — et il en fut de même *dans l'ordre de la nature.* Quand Dieu voulut donner *un père souverain* à un peuple, il ne lui fallut pas long-temps, puisqu'il ne lui fallut que l'instant de la génération ; ni *à ce père souverain,* pour transmettre *sa souveraineté* à son successeur ; ni au dernier pour la transmettre à d'autres, puisqu'il n'est question *que de le vouloir.*

13°. Il est bien vrai que, quand le dernier ne le veut pas, il faut lui donner le temps de se pourvoir auprès des puissances, puisqu'il s'agit d'employer la force pour combattre. Mais ce n'est qu'une preuve de plus, que *le droit* dépend *de la volonté du dernier propriétaire.* Car, pourquoi, dans ce cas, après toute guerre de succession finie, accorde-t-on encore un siècle tout entier d'intervalle aux héritiers, pour faire valoir leurs droits : sinon par respect *pour la volonté des derniers souverains ?....*

14°. Mais si, après un siècle tout entier de repos, il survenoit un héritier qui prétendît encore troubler la paix : alors cette prétention ne seroit pas juste : parce que le *père souverain,* en donnant ses droits à ses successeurs, n'a pas voulu que ses descendans fussent dans des guerres de succession interminables. *Le droit naturel* exige qu'un peuple puisse s'attacher activement à celui qui le gouverne, sans interruption, depuis si long-temps. Mais alors par qui les droits sont-ils transférés ? Est-ce *par le temps ?* Non, jamais le temps n'a pu ni créer, ni donner *des droits ;* mais *par la volonté légale des anciens souverains,* interprétée par le droit naturel : de sorte que c'est toujours *la volonté* de l'ancien propriétaire qui transfère les droits.

15°. Règle certaine dans la question de ces transmissions, c'est que, tant que les derniers souverains sont *en réclamation,* le droit ne passe pas, et qu'il est impossible de l'obtenir autrement que *par leurs volontés.* Et cette règle est si sûre, que, malgré tous les préjugés et les intérêts contraires, elle a toujours été sentie par les usurpateurs eux-mêmes. Certes, *en France,* dans la dernière révolution, l'usurpateur est parvenu à un haut degré de puissance. Il se disoit *l'envoyé du Très-Haut et le ministre de la Providence,* par son épée et le cours des événemens. Entouré d'armées formidables, il fit, pendant quelque temps, trembler toutes les puissances et tous les peuples. Cependant, au milieu de ses plus grands succès, il sentoit malgré lui qu'il lui manquoit quelque chose : c'étoit *la légitimité.* Et à qui s'adressa-t-il quand il voulut l'avoir. Est-ce aux peuples, à la victoire, ou aux puissances étrangères ?... Non ;

ce fut *à Louis XVIII* relégué dans une ville isolée. S'il eût obtenu sa démission, il se fût cru plus avancé que par toutes ses victoires. Il ne l'obtint pas : et il se sentit perdu. En Angleterre, *Cromwel* se rendit aussi très-redoutable. Il remporta de grandes victoires, fit trembler tous les partis, dispersa les Chambres, et fut reconnu par les plus grandes puissances. Cependant, au milieu de ses plus grands succès, *Cromwel* sentoit qu'il lui manquoit quelque chose, c'étoit *la légitimité*. C'est en vain qu'il fuit de Chambre en Chambre, et qu'il se barricade dans la dernière, *le droit* des derniers souverains y entre avec lui. Au milieu de son sommeil, il le réveille, il l'agite, il le secoue : il lui crie d'une voix effrayante : ce palais, ce trône, ces canons, ces armes ne sont pas à toi. Tant que le souverain légitime sera *en réclamation*, j'ai ordre de te poursuivre : et je ne te laisserai pas un instant de repos.

CONCLUSION.

Il est donc, dans nos souverains actuels, non pas *une autorité divine*, non pas *une ombre et une figure* de droits, mais *une autorité réelle et paternelle*, la même qui existoit dans nos pères souverains, qui ne sauroit être transmise que *par leurs volontés*, et qui constitue ce qu'on appelle *la légitimité*. Aussitôt qu'elle est transmise, *la légitimité* existe. Tant qu'ils réclament, il n'y en a pas. Et voilà, de nouveau, à quoi se réduit cet article important sur la transmission des pouvoirs.

1°. *Les droits de nos pères sont-ils morts avec eux ?...* Non, sans doute : sans quoi nous ne les aurions pas.

2°. *Ces droits sont-ils des ombres et des figures de droits ?....* Non, sans doute : sans quoi nous ne serions que *des figures* de propriétaires.

3°. *Comment nous ont-ils transmis leurs droits : est-ce par la génération, ou par la force, ou par des missions invisibles, ou par les voies secrètes de la Providence ?...* Non : c'est par la déclaration légale et manifeste de leurs volontés.

4°. Il en est de même *des droits souverains :* ôtez *le père souverain* de chaque peuple : dès-lors la chaîne est brisée. Il reste entre Dieu et le premier souverain un intervalle immense de plusieurs siècles où *le droit de souveraineté* n'existe pas. Qui le créera ? Sont-ce les peuples ?

Rendez *le père souverain*, le fil est renoué. Il ne reste plus de lacune : aucune entre Dieu et le père souverain, puisque c'est Dieu qui lui donne *l'autorité universelle* sur les descendans par la génération seule ; aucune entre le père souverain et son successeur, puisque c'est *le père* qui transmet ses droits au premier, *par l'effet seul de ses volontés ;* aucune entre le dernier successeur et les nouveaux, puisque c'est toujours le dernier qui les transmet à d'autres, même dans les républiques : toujours *de souverains en souverains,* jamais par les peuples.

Otez *le père souverain,* jamais vous n'établirez la succession depuis Dieu jusqu'aux souverains actuels. Rendez *ce père souverain,* la transmission vient de Dieu même, et *l'autorité paternelle* du premier réside dans le dernier, comme dans le spirituel *l'autorité divine des apôtres* réside par succession dans le dernier des évêques.

Voilà ce que les peuples doivent savoir, si l'on veut extirper les doctrines révolutionnaires de tous les esprits. Mais, encore une fois, comment le sauront-ils, si on ne le leur dit pas ? *Quomodò audient sine prædicante :* et comment le croiront-ils, si on ne le leur prouve pas ? *Quomodò credent in quem non audierunt.* Pourquoi n'expliquons-nous plus aux peuples *comment nos souverains sont nos pères,* et comment *l'autorité du père souverain* leur a été transmise ?

Convenons-en : c'est parce que *ce père souverain* étoit oublié depuis des siècles ; que nous ne savions plus que *la souveraineté* étoit *une paternité souveraine ;* et que je l'avois complètement oublié moi-même. Voilà la cause incontestable de tous nos maux et de toutes nos révolutions.... Maintenant que Dieu, dans notre exil, nous a donné tout le temps de remonter jusqu'à *ce père souverain ;* de le retrouver clairement dans l'Ecriture, dans toutes les histoires et tous les bons auteurs, et de donner tous les développemens qui concernent *la distinction des deux autorités :* après ce petit prospectus, nous ne pouvons plus que renvoyer *à l'ouvrage,* en faisant des vœux bien sincères pour qu'il puisse être utile à la gloire de Dieu, à l'instruction des peuples et au rétablissement de l'esprit public en France et dans tous les pays.

L'Auteur de l'ouvrage intitulé :
De l'Origine des Sociétés.

ADRIEN ÉGRON, IMPRIMEUR,
rue des Noyers, n.° 37.